私のエデンだより

小暮照

創風社出版

私のエデンだより

目次

エデンだより

寄り道ぶらり

エデンだより

朝

入居一日目の夜が明けた。初日の緊張を引きずりながらの目覚めでやや体が重い。赤く染まった東の空を見ながら窓を開けると、入梅前の爽やかな風と共に、鳴き交わすウグイスの声が飛び込んできた。笹鳴きを卒業した声だ。山のあちこちから風に乗って耳に届く。思いがけない贈り物に心が弾み外に出た。西側には里山がせまり、居室のある二号棟はその斜面と直角になるように建っている。三階の廊下の西側突き当たりのドアを開け外に出ると、ドアの外側に道があった。東側は一階の外が道路なので、二号棟に沿っている道は西から東へと下る坂道になっている。

声の主が姿を見せないのは分かっているが、少しでも近づきたいと坂道を上る。山に入ったところで突然舗装が切れ土道に変わった。両側の木々に名札がぶら下がっている。ヤマボウシの花が目に入る。普通、山中で見かける大木と違って背丈ほどの木なので、四枚の白い総包片の大きさが樹高と何かアンバランスだとの違和感を感じる。ハナミズキ、サルスベリ、月桂樹、モッコク、ホルトノキとなじみの名前が続く。車の通れるほどの道の中ほどにまで両端から雑草が拡がり、土を匿している。ツユクサの青い可憐な花を踏まないようにと雑草の上に足を置くと、夜来の雨の雫が足首を湿らせた。

半ズボンのふくらはぎにしがみついてくる飢えた蚊の群れを手で払い除けながら、引き返した。通りがかった入居者に

「上は造園業者の敷地で、私道です」

と声を掛けられる。

四階の自室から南に目を向けると、かつてフィールドワークで歩き回った石鎚山の山並みが遠望できる。八十歳を越した今となっては、あそこまで足を延ばすことは無理だろう。秋になったら図鑑片手にここの里山をうろついてみようと思いながらウグイスの鳴き止まない西の里山に目を移した。

落穂拾い

友人宅で、ミレーの名画「落穂拾い」を見た。もちろん複製画である。この絵を見ると、いつも戦時中を思い出す。小学生だった私たちは、「お百姓さんの苦労を考え、一粒も残すな」と、授業そっちのけで収穫の済んだ田圃に出かけて行った。素直にお百姓さんの苦労だけを考え、困窮している食料不足の一助に駆り出されていたなどとは露知らず、愚痴もこぼさず無心に作業に励んだものだった。

ところが、過日イスラエルを旅した時、「落穂拾い」の裏に大きな意味のあることを知った。ユダヤ社会では、「農産物を収穫するときには、貧者・弱者のためにその一部を残しておかなければならない」という不文律が、紀元前数千年も前から、神の声として言い伝えられてきていたのである。この神の声は、旧約聖書を通してキリスト教に引き継がれ、農村共同体の慣習として受け継がれている。

特にフランス革命後、ヨーロッパの疲弊した社会において「落穂拾い」は弱者の保護と扶養の一つの手段として機能していたと考えられる。バルビゾンに在住していたミレーは、この光景を暖かい眼差しで見続けていたのだろう。ミレーは神の声を「落穂拾い」の絵の中に再現させていたのである。生活の厳しさ、働く姿の気高さ、人間の優しさを凝縮・融合させた名画として称えられている。このミレーの眼差しは、日本人の感性に合っているという人もいる。

その心は、現代でいうホスピタリティーそのものではないのか。さらに「おもてなしの心」に通じるものであろう。イスラエルでは、街角や畑の片隅に大きな木の箱が置かれている。余剰品や不要品をこの箱に入れておき、欲しい者が自由に持って帰ってもいいという。この小さな光が、紛争の続く地にいつか大きな輝きを灯すことを祈るのみである。

クリスマスツリー

藁細工を飾ったクリスマスツリー

クリスマスツリーには、子供の頃の思い出が詰まっている。クリスマスが近づくと母親が部屋の片隅に小さなクリスマスツリーを飾りつけていた。よちよち歩きの僕は、横から手を出した。ピカピカ光る豆電球、赤色や金色に輝いているガラス玉、チカチカと手を刺すモミの木の葉、ドキドキしながら葉の上にそっと乗せた白い綿、断片的な思い出に母の優しさが重なる。

小さな手から滑り落ちた金色の玉が床の上で木端微塵に砕け

散り、それを雑巾で丁寧にふき取っていた母の姿、部屋の片隅にぴかっと光った粉のようなガラスの破片を母の真似をして小さな指先に唾で引っ付けて得意そうに母に見せた姿、思い出は尽きない。豆電球がＬＥＤに、ガラス玉がプラスティックに、モミの木が造り物に変わった今も懐かしさは変わらない。

オーストリア、ザルツブルグの片田舎で藁細工をぶら下げているクリスマスツリーに出会った。（写真）貧しい時代、飾り物が買えなくて手作りの藁細工を飾っていた風習が今も伝えられているのだそうだ。使い捨ての紙皿に子供が願い事や絵を書いてぶら下げているのもあった。

薄暗い灯し火の下、集まって熱心に藁を編んでいる飾り気のない家族の姿が、暖かい絵となって頭を去来する。煌びやかさを競う昨今のクリスマスツリーに比べ、なんと心の籠ったツリーだろうか。神様は素朴な藁細工の方に目を向けられるに違いない。

子どもたちが絵などを画いている紙皿

タイム・カプセル

韓国の歴史ドラマ「ホ・ジュン」を観た。朝鮮一の名医と慕われた人物の生涯を描いたものである。ホ・ジュンが、逃亡したとの汚名を着ながら戦火から資料や書物を守るため大きな風呂敷包を背中にかついで、命がけで山中を逃げ惑うシーンが印象に残った。

井上靖の小説「敦煌」では、西夏の侵攻を恐れた人たちが経典・絵画などを数キロ離れた莫高窟まで運び石窟に封蔵した様子がドラマティックに描かれている。九百年後の一九〇〇年に発見された時には、実に四万点を超す膨大な品数が世界を驚かせた。映画「敦煌」での俳優の佐藤浩市や西田敏行の熱演の記憶が新しい。現地ガイドは、この壁の向こう側から発見されたと誇らしげに紹介する。

一九四六年末、ベドウィンの羊飼いの少年がイスラエルの死海の近くクムランの山で、偶然壺に入った古文書を発見した。二千年の眠りを覚まされた聖書のヘブライ語の写本だった。異教徒の略奪・破壊から守るため埋蔵したものと推定される。パピルスや羊皮紙が、実に二千年の時空に耐えて原状を保ち続けたことはまさに驚嘆すべきことである。「死海文書」と呼ばれるこの写本の持つ考古的、歴史的、宗教的価値は計り知れないものがあり、二十世紀最大の考古学的発見といわれている。現在、イスラエル博物館の特別収蔵庫「書物の神殿」に超国宝として厳重な環境管理の下で保管されており、そのほんの一部のみが展示されている。

神はなぜ、文化を生み出す英知とそれを破壊しようとする愚かさを合わせ持った人間を造ったのだろうか。身勝手な争いによってかけがえのない文化遺産を失い続けている中、後世に残さなければとする良識を持った人たちがいることがせめてもの救いと思うと共に、沢山の過去からの贈り物を詰め込んだ次なるカプセルが発見されることを期待したい。

日本語表記

昨夏、中国のある観光地を訪ねた。特定企業（公営）によって完全に管理運営されている観光施設であった。各ポイントには、立派な説明板が建てられ、中国語・英語・韓国語・日本語等による丁寧な説明が書かれている。ところが、日本語を読んでみると、意味は分かるのだが、何だか少し変である。自然な言葉ではなく、パソコンで翻訳したような不自然さがあり、間違いもある。（写真参照）

東スイスの小さな町「マイエン　フェルド」は小説「アルプスの少女ハイジ」の舞台となり「ハイジの里」として知られている。町というよりは山裾に広がった田園と言った方がいいような鄙びたところで、日本人観光客が多いという。説明板や道標などには全て日本語が書かれており、バス停の時刻表にまで日本語が添えられている。どれを読んでも不自然さが全くない立派な日本語なのだ。表示には、しっかりした日本語話者が関わっていたのだろう。

中国の街の土産物屋に『おふくろあります』との日本語の看板が出ていた。入ってみると袋物を売っており、「〝袋〟を丁寧語にするため〝お〟を付けた」という。なるほど「お箸」「お茶碗」等は〝お〟を付けても可笑しくない。袋に〝お〟をつけるのがなぜダメなのか理解できないという。

言葉にはルールはあっても例外が多すぎる。自然な言葉は、ネイティブ・スピーカーでないと隅々にまで目が届かない。

さて、外国人観光客が急増している日本である。街には外国語表記が増えている。自然な外国語が書かれているのだろうか。掲示に当たっては、必ずネイティブ・スピーカーの目を通して頂きたいと思うのは、私だけではないと思う。

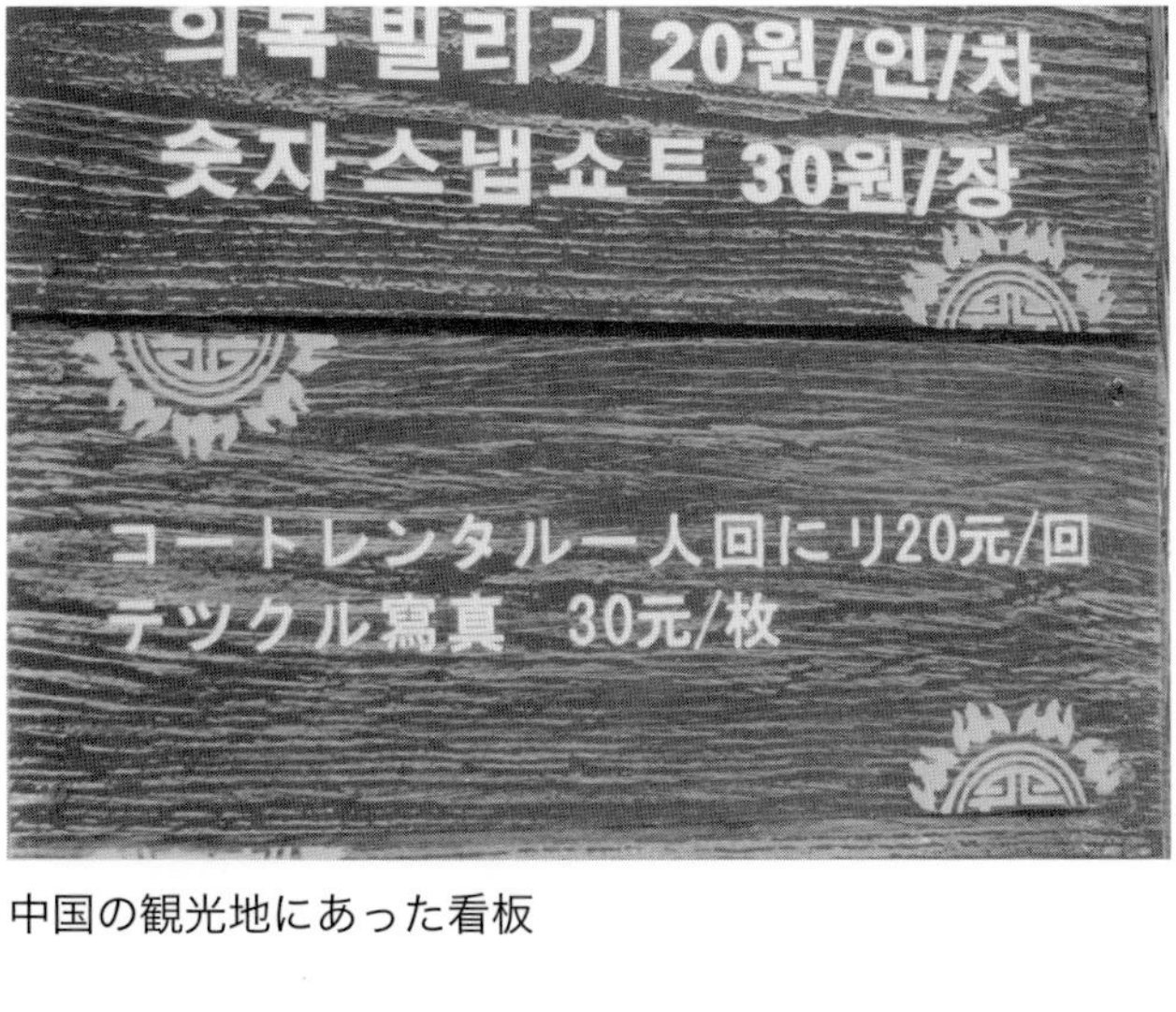

中国の観光地にあった看板

ふるさと富士

晴れた日の夕方、松山観光港に降り立って海側を振り返れば、夕焼けに染まった円錐型の小高い山が視界に飛び込んでくる。興居島という島にある二八二メートルの山で、地図には「小富士」となっているが、地元では、「伊予小富士」と呼んでいる。その昔、正岡子規や夏目漱石らに愛でられてきた山だという。

日本各地には、地元の地名をつけて「～富士」と呼ばれている山が数多く存在する。北海道では羊蹄山を蝦夷富士、香川県の飯野山は讃岐富士などで、「ふるさと富士」とか「郷土富士」「おらが富士」と呼ばれ、故郷自慢の一つとしているものである。

愛媛には「伊予富士」という山がある。石鎚山系の一つのピークで、三等三角点のある一七五六メートルの立派な山だが、こちらはもともとの正式名称なので、興居島の「小富士」ともども「ふるさと富士」にいれてよいものかどうか疑問である。大洲市には「冨士山」と書いて「とみすやま」と呼ぶ立派な独立峰があるが、「冨」は「富」の異体字で意味も読みも同じだとのこと、「大洲富士」という別名もあってややこしい。

赤道の国エクアドルの首都キトから白雪を頂いた円錐型の非常にきれいな山が見える。アンデス山脈の一つのピーク「コトパクシ」で五八九七メートルもあり現地の日本人に「エクアドル富士」と呼ばれている。

資料によると世界には「ふるさと富士」と呼ばれるものが五九座あり、中南米には一六座と、世界の三分の一弱が集中している。この場合の「ふるさと」とは日本のことである。地球の裏側へと故郷から遠くなるほど想いが募るのだろうか。在住の日本人たちは涙の滲むような郷愁を胸に秘め、はるばるまほろばの空を偲んで毎日眺めているのだろう。とりまく異文化の中にあって、ともすれば見失いがちになるアイデンティティーをしっかりと繋ぎ止める一つの絆としているのかも分からない。

桜三里

　松山エデンの園から東南東約二十キロメートルほどのところに「桜三里」と呼ばれている地域がある。松山平野から東に伸びる金毘羅街道の標高四百メートル前後の峠手前から峠を越えて東側に渓谷沿いに下っている地域で、現在は国道や高速道路が通りトンネルが抜け高架橋が架かっているが、その昔は中山越えと呼ばれる難所だったという。地元では良く知られている地名なのだが、国土地理院の地形図にはその名前が載っていない。僅かにパーキングエリアやレストパークの名前に残っているだけだが、ドライブマップには記載されている。地域の通称だということだろうか。

　子供のころから聞きなれた名前なので、山桜が咲き誇っていたのだろうと思っていた。ところが最近、この桜は人の手によって植えられたヒガン桜やソメイヨシノであることを知った。七百年以上も前に平家の残党によって植えられたという説や、江戸時代に土砂流出防止のために藩の工事として植えたという説があるとのことである。どちらにしても、大正時代、近くの鉱山の煙害等によってほぼ全滅し、現在街道沿いに見られる桜は、付近の住民の手による保存活動によって補植されたもので、昔の物は樹齢三百年と推定される古木が二本残っているだけだという。

「さくら」は「狭い峡に沿って流れる谷川を表す」との説もあるので、桜が植えられる前からの地名だったのかもしれない。

桜の種類は多く、北半球全般に分布しているということだが、外国では特別に植えたもの以外、ソメイヨシノのような華やかで目立つ桜を見たことがない。

海外在住の日本人は、花の形や色にはこだわらず、樹勢の似ているものに「パナマ桜」などとその地名を付けて日本の春を偲んでいる。南米では薄紫色のジャカランダを、中国では白いアンズを、ヨーロッパは白いアーモンドの花に桜恋しの慕情を託し、そっと故郷日本の空に思いを馳せている。視野いっぱいに広がる真っ白いアンズ畑は、それはそれで美しい。

語り部

　東日本大地震から四年目に当たる今年は、阪神・淡路大震災から二十年目でもある。二十年前の一月十六日、地震の前日、私は明石の友人宅にいた。泊まっていけとの再三の誘いを断って夜汽車に身をゆだね、松山の自宅に落ち着いたのは日が変わってからだった。朝六時前、ギシギシという音と共に二階が揺れた。一日中付けっ放しにしたテレビにはわが目を疑う惨状が映っている。明石の友人の元気な声が聞けたのは、それから一カ月以上も経ってからだった。

　多くの災害がある中で、私の心に最も強く深く刻まれているのは、松山大空襲である。今年はその七十周年にあたる。昭和二十年七月二十七日未明、B29による焼夷弾の絨毯爆撃が始まった。私は母と共に郊外の田圃に逃げ、ただ茫然と眺めているだけの目の前で、松山の中心部一万四千三百戸がわずか数時間で完全に燃え尽きた。

　私は機会があるごとに松山大空襲や戦中戦後の有様を語り、文字にもしてきた。しかし、それは目前描写だけで、心情を伝えることは難しく、踏み込むことができなかった。

　今年は戦後七十年目である。メディアは様々な切り口で特集を組んでいる。玉砕・戦艦大和、特攻隊、大空襲、原爆被爆、沖縄戦、シベリア抑留などなど、それぞれの立場からの証言もある。その中で「最後の機会」とか「最後の証言」などの文字が頻繁に目に入る。語り部が居なくなるというのである。時間の経過と共に歴史の証人が先細りになっていくのは自然の成り行きで仕方がないことだろう。

　第二次世界大戦や松山大空襲については、伝えたいもの、残したいものがたくさんある。残念だがこれらは風化し、やがては地震や津波も含めて「昔こんなことがあった」という歴史年表の一項目になってしまうのかと思うと寂しいかぎりである。

名月

満月は月に一回必ずやって来るのに、名月は年に一度しか来ない。九月の満月をなぜ名月というのだろうか。陰暦八月十五日の月を「中秋の名月」といい、中国ではこの日を「中秋節」という。観月の風習は平安時代に中国から伝わったと聞く。

私は中国で見る名月が好きである。中国は、どこの風景にも名月が融け込む優しさがあり、おおらかさがある。中国では名月を明月という。

王建は「今夜月明人盡望」（今夜の月明かりを人ことごとく望む）と詠み、李白は「擧杯邀明月（杯をあげて名月を迎える）と詠んでいる。古城（古い街）にかかる名月には古代へと思いを誘う魔力がある。

中国の西安（昔の都長安）に長期滞在していたときである。世話になっていたSさんに「今日は中秋節です。月見に行きましょう」と誘われた。美女に誘われたら断れない。西安の街を囲んでいる高い石積みの城壁の東門を出たところに興慶宮公園がある。千三百年前、唐玄宗と楊貴妃が住んでいたところだという。公園の隅には帰国の願いかなわず望郷の中に客死した阿倍仲麻呂の記念碑が建っている。

公園の中ほどには興慶湖と呼ばれる大きな池があり、多くのボートが浮かんでいる。我々もボートを借りて漕ぎ出した。しばらくすると東側の木立の陰からゆっくりと大きな満月が上がってきた。湖面には星屑のように散った月光が瞬いている。

「私たちは楊貴妃が見たのと同じ月を見ているのですよ」

と微笑むSさんが楊貴妃と重なって見えたのは夕食の老酒のせいなのか。

最近の中国はどうだろう。多くの世界遺産が赤や青のイルミネーションで彩られ、夜遅くまで声高な騒音が空気を乱している。月餅は売れるが月を仰ぎ見る者などほとんど見かけない。昔を懐かしむのは歳のせいか。李白が見たらなんと詠むだろうか。

女人禁制

福岡県宗像市の沖ノ島が世界文化遺産の候補に決まったとのこと。女神の住む島として女人禁制になっているという。山の女人禁制はよくあるが、島の女人禁制は珍しい。

山の女人禁制では、富士山・立山・出羽三山・大峰山などがよく知られ、愛媛の石鎚山もその一つである。山の女人禁制は修験者の修行の妨げになると女性を遠ざけたのが始まりで、それに神道の血忌や仏教の煩悩の思想がからんで現在に至っているといわれている。ところが、沖ノ島は祀神が田心姫神という女神で、女性が近づくと嫉妬心を抱くためというが、神様でも妬けるのかと思うと、なんだか微笑ましい。

山の女人禁制は、明治初期より徐々に減少し現在完全な形で残っているのは奈良県の大峰山だけだろう。石鎚山はお山開きの七月一日の一日だけとなっている。減少していったのは時代の流れもあっただろうが、なによりも女性自身の粘り強い抵抗があったためだろう。

　新田次郎の小説「女人禁制」に、江戸末期に男装した女性が嵐の中富士山の登頂に成功したが、男装が発覚しそのまま男として下山させられた、と書いてある。

　石鎚山では、大正八年（一九一九年）の夏、愛媛女子師範学校生徒五名が、太田藤一郎校長の引率の下、神官たちの厳しい監視の目のすきをついて登頂を果たした。伊予鉄横河原駅から四日をかけて往復を歩き通した快挙だった。しかし、なぜこの時期にあえて社会の禁忌に挑戦したのか。なぞは残ったままである。

　時は正に、大正デモクラシーの嵐の最中であった。その流れに遅れまいとしたのだろうか。女人禁制は女性の人権無視との意見もあれば、伝統だという人もいる。日本の社会からこの慣習が皆無になるにはまだまだ時間がかかりそうだ。

隠れキリシタン

昭和五十年、松山市堀江地区（福角町）の小さな丘の叢の中から、奇妙な恰好の三本の石柱が発見され（写真）、専門家によって「隠れキリシタンの墓」と断定された。どうして「隠れキリシタン」が松山に？と皆訝った。

「〜らしい」遺跡が多い中、これは教会石・十字架石・五輪塔がセットになった典型的な「隠れキリシタンの墓」だという。このように立派な墓を作ってもらった人もいれば、そのまま人知れず土になった人も多いことだろう。命をかけて信教を守り通した人とはどんな人だったのだろうか。

松山市の城北地区には、キリシタン関連の遺跡や遺物が散在している。

室町時代後期、今から約四百六十年前、ポルトガル人の宣教師が四国で最初に松山の堀江海岸に上陸し、堀江を中心に布教活動を行い、四国で最初のキリスト教信者が誕生したという。その後、道後には教会堂も建設されたという。また、迫害が厳しくなった近畿地方から四国に逃れる信者が沢山いたことも由来しているとも考えられる。江戸末期、九州浦上で囚われた信者のうち八十六人が松山藩にお預けになり、三津口や衣山周辺に監禁されていたとの話もある。

北京オリンピックの時、宗教の自由化を声高く公言し、キリスト教を公認するとした中国だが、八年経った今になってキリスト教徒や人権派への締め付けが厳しくなってきているという。それも「騒動を引き起こした罪」とか「公共の秩序を乱した罪」など、以前の日本の治安維持法を思い起こさせるものである。

日本で起こった「隠れキリシタン」の悲劇が二度と起こらないことを祈る。

堀江で発見された隠れキリシタンの墓

和食

十日ほども外国をぶらついて日本の空港に帰って来ると、まずレストランで和食を食べる。それも、野沢菜か高菜の漬物の細切りに醤油をかけ、温かいご飯にまぶしたものがいい。かすかに鼻をくすぐる醤油の香りを嗅ぐと、日本人だなと心が落ち着く。

今は世界的な和食ブームとかで、大概なところで日本食が食べられ、日本食材を手に入れることができる。しかし、パナマ共和国に住んでいた四十年前はそうではなかった。醤油を手に入れるのも大変だった。そんな不便な中で妻は三食とも醤油味和食風の食事を整えてくれた。

ベランダで三つ葉を栽培し、すりこ木片手にゴマダレやかまぼこ作りに奮闘していた。醤油を節約しながらのすまし汁や煮物も欠かさなかった。米はカリフォルニア米が手に入り、日本の国内産以上のおいしさだった。

苦労したのは糠漬けである。必要な材料は何もない。いろいろな情報をもとに試行錯誤の結果、普通の食パンを細かくちぎりスーパーで売っているトウモロコシの粉を混ぜてビールで練る。それに塩を加えたものが糠床である。

新鮮なキュウリやナスの糠漬けはいつも食卓に魅力的な一味を加えてくれた。細くて硬く辛い大根は、事前にウオッカに漬けておくとおいしくなった。

これらは、我が家を訪れる日本人客への格好の手土産になり、話題の中心になった。

おかげで私は体調を崩すことなく勤めを全うすることができたのだ。

私にとって和食とは、今も醤油味なのである。

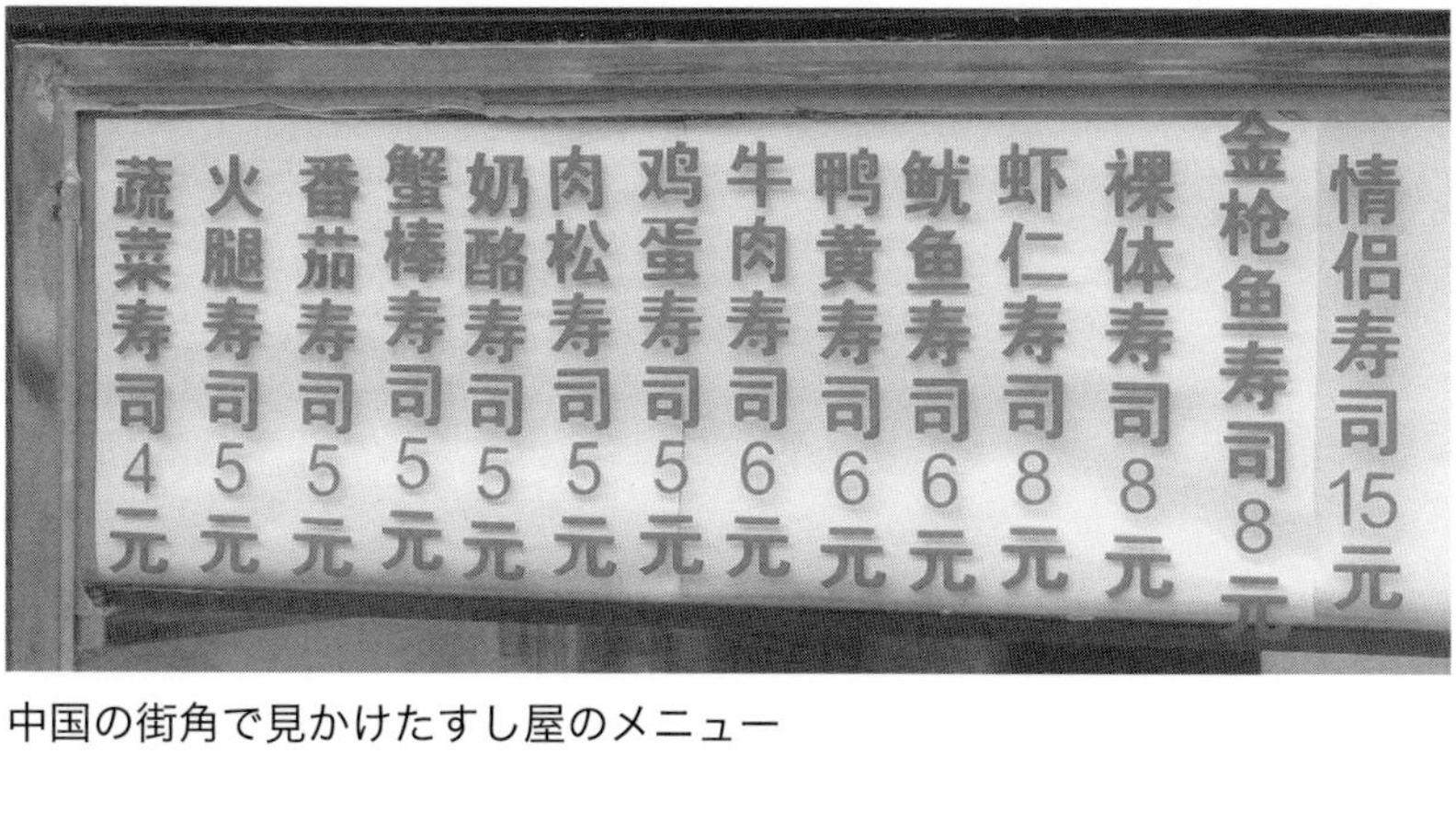

中国の街角で見かけたすし屋のメニュー

木造のキリスト教会

外国であちこちとキリスト教会を訪ね歩いていると、時々木造の教会に出くわすことがある。日本国内では木造は当たり前だが、石造りが普通のヨーロッパでは珍しい。それが何百年もの歴史を抱えているとなおさら愛おしく感じる。戦火を免れ、野火や落雷・失火などから守られて何百年もの時を積み上げてきたのだ。それだけ地元に愛され大事にされてきた証であろう。

ロシア、モスクワ郊外のウラジミール周辺には、十六世紀、十七世紀ごろに建てられた建物が集中的に保存されている。中には移築されたものや十一世紀ごろのものもあるという。歴史的に重要な古都が集中しているこの地域を特に「黄金の環」と呼んでいるが、その中に木造の建築物が集められているところがあり、木造建築博物館と呼ばれている。

その中の一つがプレオブラジェンスカヤ教会（写真）である。玉ねぎ型の屋根をはじめロシア正教教会堂の特徴を凝縮した造りになっている。一七五六年建築となっているので、二百六十年の時を経ていることになる。釘は一本も使っていないという。ポプラの木片を組み合わせて葺いたという屋根は、陽が当たると銀色に輝いて美しい。

木組みだけでこの複雑な建物を造り上げる匠の技は、日本の宮大工に通じるものがあるのではないか。ロシア正教の優美で装飾的な教会様式の技法は、この木造時代に培われたといわれている。

サンクトペテルブルグの近くには、はるかに大きく複雑な同系の木造の教会が残されていて世界文化遺産に登録されていると聞く。

ニュージーランドには、日本の建築家坂茂氏が建てた「紙の教会」がある。建築資材のほとんどを特殊加工された段ボールで作っているという。教会も木造や石造から紙製へと進化しているのだ。

ロシアのプレオブラジェンスカヤ教会

エーデルワイス

学友で山仲間のM君が卒業を前にして急逝した。病床でつぶやいた一言が、私のその後の山行きの方向を決めたのだった。

「本物のエーデルワイスが見たい」

仕事についてからは忙しくて、まとまった休みが取れない。やっと一週間の休みが取れた時にはすでに二十数年が経っていた。

エーデルワイスは和名を西洋薄雪草という。ウスユキソウ属は日本に八種あるが、どれも亜種か変種であって、日本では野生のエーデルワイスを見ることができないのだ。

折角とった休みだが、開花時期に合わすことができない。仕方なくスイスの土産物屋でエーデルワイスの押し花の栞を買って帰り、石鎚山天狗岳の東端にある南尖峰墓場尾根の岩柱の隙間に建てたM君の記念碑に供えるのがやっとだった。

足腰が弱って、もうエーデルワイスを見に行くことができないとあきらめかけていた時、平成二十八年六月下旬、なんと四国松山から北端の地稚内に直行便が飛んだのだ。本物でなくていいい。近接種でもいいい。野生株をみることができる最後のチャンスかも分からないい。

わずか二時間余のフライトだった。翌日礼文島に渡ったが自生地に行くまでの時間が心許無い。その足で高山植物園に向かった。レブンウスユキソウ（別名：エゾウスユキソウ）が満開だった。（写真）心行くまでシャッターを切り続けた。

本物とは違うけれども、できればM君の記念碑に写真を供えたいと思う。しかし、残念ながら今の私には石鎚山に登る体力も脚力も残っていない。

レブンウスユキソウ

アンデスの声

「岡山で『アンデスの声』のリスナーの会をするのですが、出ていただけませんか」

と、昨年夏、お誘いがあった。

「えっ、アンデスの声？　もう無くなったのでは？」

三十五年前、飛び交っている短波放送を受信することがブームになっていた。しかし、インターネットの普及により受信者も少なくなって、そのほとんどが姿を消してしまった。

私が南米アンデス山脈にある短波放送局ＨＣＪＢを訪れたのはそのブームの最中だった。ＨＣＪＢは、キリスト教宣教のためアメリカ人宣教師が作った国際放送局で、通称「アンデスの声」と呼ばれ、常時十二の言語と地元の方言で世界に向けて発信していた。その日本語部門を三十年間担当していたのが尾崎一夫・久子夫妻だった。

「こちらはＨＣＪＢアンデスの声です。南米大陸赤道の国エクアドルの首都キトからお送りしております。アチェ・セ・ホタ・べ。アンデスの峰を越えてお送りする日本語番組で、しばらくをごゆっくりお過ごしください」

「さくらさくら」のメロディーに続いて尾崎夫人のゆっくりとしたナレーションで始まる三十分から一時間の番組は、南米ジャングルの奥深くに入植し、日本語と無縁の生活の中で苦難を強いられている多くの日本人移民にとって、大きな癒しとなり励ましとなり、心の支えとなっていた。

その「アンデスの声」は、二〇〇〇年（平成十二年）閉鎖に追い込まれ、私はそのまま無くなってしまったと思いこんでいたのだった。

しかし、どっこい生き残っていたのである。アメリカで作られた番組がインターネット回線でオーストラリアに送られ、その送信所から短波放送として世界に発信しているのだという。時代の波に飲みこまれた物が、最新の技術でよみがえっていたのだった。

アメリカ在住の尾崎一夫さんが一時帰国するのに合わせて、リスナーの会を開くというのである。

秋の岡山日帰りの旅は、懐かしく楽しい一日であった。

山路越えて

法華津峠にたつ「山路越えて」の歌碑と妻

もう四十年も前のこと。南米エクアドルにある短波放送局「アンデスの声」に一通の手紙が寄せられた。当時ブラジルに八十万人いるといわれた日系人の一人からだった。

「母は八十五歳です。小さいときにブラジルに連れてこられ農業一筋に生きてきました。『アンデスの声』が好きで、いつも正座して聞いています。特に讃美歌『山路越えて』が好きで、よく口ずさんでいます。」この手紙が放送された二週間後、「母は、枕元のラジオから流れてくる『山路越えて』を聞きながら静かに息を引き取りました」(「ＨＣＪＢ通信」ライブラリより。手紙の内容は、筆者要約)

小説「蟹工船」の著者小林多喜二は共産党員との理由で逮捕され、特高警察の拷問によって虐殺された。二十九歳の若さだった。母セキは、後日教会を知り讃美歌「山路越えて」を知って、召天直前まで口ずさんでいたという。（小説「母」三浦綾子著より）

この二人の母は、他人には想像もつかない心の重荷を、夜の山路を一人歩む旅人の孤独と重ね合わせたのだろうか。

「山路越えて」は讃美歌四〇四番（讃美歌二一では四六六番）として知られている。

作詞は松山の教育者西村清雄《すがお》である。一九〇三年（明治三十六年）冬、四国西端の宇和島から百キロメートル以上離れた松山への帰途、難所の法華津峠（標高四百三十六メートル）で夜となった。孤独を紛らわすため、アメリカ民謡「ゴールデン・ヒル」のメロディーに合わせて作詞し、明治版讃美歌に採用されたと伝えられている。

西村清雄は、勤労青年や女子の教育に尽力し愛媛県教育文化賞を受賞し、松山名誉市民に推され九十三歳で天に召された。

松山東雲高等学校長時代の西村清雄

祝谷

松山エデンの園は、北から南へと下っている谷の西側斜面に建っている。この谷は「祝谷（いわいだに）」と呼ばれ、裾は扇状に拡がりながら松山平野へと続く。裾野の東側には古今の名湯道後温泉が控え、西側は遥か彼方で瀬戸内海の海岸線と交わる。

岩の割れ目から湯が湧き出していたことから「岩湯谷（いわゆだに）」と呼ばれていたものが「いわい谷」に変化したのだという。現在も、道後温泉の源泉の一つとなっている。

最近、松山エデンの園の近くで古墳が発掘された。周壕や葺石をともなった前方後円墳で祝谷大地ケ田遺跡と名付けられ、古墳時代中期（五世紀後半）のもので、かなりの権力者の墓だという。この祝谷ではすでに八か所の弥生時代の古墳が確認され、その周辺では百九十基もの食糧貯蔵穴も発掘されていて、祝谷古墳群と呼ばれている。

　万葉集に

『熟田津《にきたつ》に船乗りせむと月待てば

　潮もかなひぬ今は漕ぎ出でな』

の一首がある。斉明七年（六百六十一年）斉明天皇一行が道後温泉で休養した時、額田王が詠んだもので、熟田津とは船着場のことである。

　それが現在のどこに当たるのか諸説があり、その中の一つに御幸寺山麓説がある。御幸寺山はエデンの園の裏山の南側に隣接している山である。この説が本当だとしたら熟田津は祝谷の末端のすぐ近くにあったということになる。多くの貴人たちは船を降りた後、祝谷を横切って道後温泉に向かったのだろうか。

　ともあれ、祝谷は古代のロマン溢れる地ではある。

祝谷大地ヶ田遺跡発掘現場から松山エデンの園を望む

かもめ食堂

帰りの飛行機の中で、群ようこ原作の映画「かもめ食堂」を見た。小林聡美扮する女主人一人が経営する小さな食堂が舞台である。外を歩く人が、大きなガラス窓にほほを押し付けるようにに中をうかがうと、手持無沙汰な女主人がにっこりと微笑みを返す。

覗き込む人は皆外国人だ。それもそのはず、そこは北欧の国フィンランドの首都ヘルシンキの街なのだ。ヘルシンキ空港を出発したばかりの機内なので、思わず引き込まれた。

ヘルシンキの空気は、ピリッと引き締まった透明感がある。大型観光船も出入りするという港に出ると、カモメが乱舞し露店が賑わっているが、潮の香がしない。海水の塩分濃度が低いからだという。

私が訪れた六月末は夏至祭の最中、街中はライラックが満開、民族衣装で着飾った女性たちがダンスやパレードに興じている。その笑顔から長く厳しい冬が明けた喜びが街全体を包んでいるのが伝わってくる。

かもめ食堂は、コーヒーがおいしくなり、ライスボール（おにぎり）が評判をよぶようになると、店がせまくなってきた。日本人の女性が二人店を手伝い始め賑やかになった。この小さな空間の、日常の時間がゆったりと流れる空気の波動の中に、人間模様が巧みに織り込まれていく。群ようこの世界である。それを女主人の温かく穏やかで包容力のある笑顔が包み込んでくれる。

ヘルシンキの人と景色に癒された心をさらに安らげ、成田空港までの九時間を短くしてくれた映画だつた。

ヘルシンキ港にある露店市場

巡礼

菜の花の咲くころになると、松山エデンの園の二階の食堂の下を走っている県道に白装束の遍路姿を目にするようになる。四国八十八ヶ所霊場の五十一番札所石手寺から五十二番札所太山寺に向かう「歩き遍路」の姿である。

遍路は巡礼の一種だが、巡礼は世界のどこででもみられる。特に名前の知られているものに、キリスト教の「聖地サンディアゴ巡礼」と呼ばれるスペイン北西部にあるサンディアゴ・デ・コンポステーラの街を目指すものや、「ハッジ」で知られるイスラム教のメッカ巡礼がある。

一般にヨーロッパの巡礼は一つの聖地だけを目指す直線型で、アジアでは複数の聖地を巡る回遊型が多いとされている。目指し方にもいろいろあり、私が目撃した中で最も過酷なものは、チベット仏教における五体投地であろう。合掌してから大地に体を投げ出すように腹ばいになり、立ち上がって合掌しまた体を投げ出すという動作を繰り返して前進していく。一回で進む距離は一身長分だけである。チベットでは、各地で顔も衣服も埃だらけ泥だらけになりながら一心不乱に五体投地を繰り返している姿を見かけることができる。

チベットには聖山を巡る巡礼もある。標高差数千メートルの峠と谷底間の登り下りを繰り返しながら野宿を重ね、山を一回りする厳しいものである。自ら望み、過酷な苦しみの非日常空間の中で聖なるものに近づこうとする心情は、宇宙創造を象徴化した再生への祈りであるといわれる。命や魂の再生とは何だろうか。寝付かれない夜、頭の中を去来する。

観光客用のヤク

龍

ノルウェーにあるスターブ教会を訪ねた。十二世紀建造といわれる木造の教会で、古代建築物として保存されているものである。屋根に飾り（写真参照）があり「龍頭」だという。日本人の「龍」の一般概念からかなり外れたもので、むしろ蛇頭のイメージに近い。

和英辞書で「龍」を引くと「ドラゴン」と出てくる。ところが英和辞書で「ドラゴン」を引くと一応「龍」とあるが、「翼や長い尾があり口から火を噴く怪獣」などの説明や、ほかの意味もあり、恐竜の一種翼竜のイメージに近く、「龍」と「ドラゴン」は完全には対応していない。

日本で一般的に知られている「龍」は中国から伝わったものである。中国の龍の原型は紀元前五千年ごろにできたといわれ、天候や水を支配する水神として、また権力や強さを表すものとして国や皇帝の象徴とされ鳳凰と並列の存在とされてきた。

しかし、ヨーロッパではサタン（悪魔）のイメージが強い。聖書の「ヨハネの黙示録」には『火のように赤い大きな龍』とか『生まれてくる子供を食べようと待ち構えている』など悪魔の象徴としてかかれている。

西洋の「ドラゴン」は悪魔、東洋の「龍」は神獣、と全く別のものだということになる。ところが、スターブ教会の「龍頭」の飾りは、魔よけだという。古くはヴァイキングの船の船首に悪魔祓いの象徴としてついていたというからややこしい。

聖書の「ドラゴン」を日本語に訳すとき「龍」の字を当てたところから妙な行き違いができたのではないだろうか。言葉とは面白いものである。

スターブ教会の屋根の飾り（竜頭）

パイプオルガン

旅の徒然のままに飛び込みで教会を見学するのが好きだ。見所はいろいろあるが、特にパイプオルガンに惹かれる。何段もある鍵盤を眺めたりストップの数を数えたり、裏のラベルを読んだりするとわくわくする。ところがほとんどの教会では正面壇上や二階に設置してあるので、傍に寄ることができない。仕方なくカメラを向けるだけの時が多い。天井に届かんばかりに鉛色のパイプが林立しているものもあれば、きらびやかな外装でパイプを隠しているものなど、それぞれに個性があってデザインを眺めるだけでも時間を忘れる。

松山エデンの園に隣接している松山ベテル病院は、経営母体は違うが廊下で繋がっていて、エデンの園の入居者のほとんどがお世話になっているところである。その二階のチャペルに小さなオルガンがある。一見リードオルガンのように見えるが

（写真参照）、れっきとしたパイプオルガンで、中を覗くと四角い木のパイプがぎっしりとならんでいる。アメリカ製でパイプは三百四十三本もあるとのことだが、柔らかく温かい音色が心を癒してくれる。

現在演奏可能な世界最古のオルガンは、スイス、シオンのヴァレール城内の教会にあり、十四世紀ごろ作成の木製パイプオルガンだという。十四世紀の音とはどんな音なのだろうか。パイプオルガンにこれほどの思い入れがあるのに、ヨーロッパでは生の音を聞いたことがない。石造りの教会堂そのものが楽器だというその共鳴音や残響音の中に体を浸したいものだ。できれば十四世紀の音も。

松山ベテル病院にあるパイプオルガン

八甲田山

平成最後の年の十月、念願だった青森県八甲田山を訪れた。あいにくの雨で眺望は利かなかったが、見事な紅葉が旅路を豊かにしてくれた。

私と八甲田山との出会いは、新田次郎の小説「八甲田山死の彷徨」を読んだ時に始まる。明治三十五年、雪中行軍訓練を実施した青森歩兵第五連隊が吹雪に巻き込まれ遭難し、百九十九人の犠牲者を出した事件を小説にしたものである。

私は当時、県の山岳連盟で遭難対策担当をしていたので、何か役に立つ情報はないかと、何度も読み返したものだ。八甲田山は一座の山ではなく、南北に分かれた十六座の連山を一括にしている名前だと知ったが、分かりにくいところも多く、いつか現地を歩きたいと思っていた。それがやっと実現したのだ。

今、遭難現場に行ってみると、青森市街から十キロほどのところにあり、なだらかに上った県道が林間に入ったところである。木立の間からはリンゴ畑や人家が望まれる。深山に入ったとの実感は全くない。当時は、現在とはかなり違った状況だったと思われるが、天候や地形を熟知しているはずの地元の軍隊がどうしてこんなところで？と頭を傾げたくなる。

冬山は楽しい。しかし、その裏には人知の及ばない怖さを秘めていることを改めて認識することができた。

新田次郎の小説は、自然と人間の接点で自然の奥の深さを思い知らされるといった心の叫びが根底にある。自然を見る目、自然の裏をうかがう鋭い洞察力が読み手に感動を与える。著者は、この小説で何を伝えたかったのか。単なるエンターテイメントや歴史物ではないと思うのだが。

青森市八甲田山雪中行軍遭難資料館

津軽を歩く

十月中旬、初めて津軽の地を踏んだ日は、北国特有の灰色の雲が低く垂れこめていた。太宰治が「津軽藩の歴史のにおいが幽かに残っている」とつぶやいた空気を吸いたくて、弘前に足を運んだのだ。

本州の北端青森県の西半分、日本海側を津軽と呼ぶ。名峰岩木山の裾野に拡がる広大な平野は、西南側の世界自然遺産白神山地、東の八甲田山に挟まれた穀倉地帯である。二千四百年前、弥生時代中期に始まったといわれる米作では、五年に一度は訪れたという冷害凶作飢饉の地獄を繰り返しながら現在の津軽米が生まれたとのこと、不屈の津軽人の姿がある。

真っ赤な実をたわわに実らせたリンゴの木が見渡す限りに拡がる。さらに目を引いたのは、根本が二回り三回りと太いのに、樹高はそれほど高くない桜の古木である。リンゴの木と同じ剪定をしているのだという。弘前城址だけが桜の名所だと思っていたのに、街中至る所で桜の古木が目に付く。総延長二十キロにも及ぶ世界一の桜並木もあるという。

日本海側の港は北前船の休養地だったとのこと。そのため明治初期に京都から最新の西洋文化が流入した。重要文化財になっている「弘前学院外人宣教師館」をはじめ明治時代の建築物が多く残っている。日本近代化の香りがバランスよく混在しているのが面白い。

太宰治の言う「津軽藩のにおい」よりも「明治の残り香」の方が強く香る。

だが、この麗しい景色も二か月もすれば、純白の原野と化し、各地に白鳥の飛来が見られるようになるのだろう。

美しい自然と共に、斜陽館・ねぷた・津軽三味線・温泉・古代遺跡・重要文化財の建物などなど、見ごたえのあるものが目白押しの津軽路であった。

潜伏キリシタン

平成三十年、「長崎と天草地方の潜伏キリシタン関連遺産」が世界文化遺産に登録された。「隠れキリシタン」はよく耳にするが、「潜伏キリシタン」とは初めて聞く言葉だった。どこが違うのだろうか。自分の目で確かめたいと五島列島に飛んだ。

五島列島は長崎県の西にあり、大小百四十余りの島々が八十キロメートルに渡って連なる列島で、ほぼ全域が西海国立公園に指定されている。

江戸末期、長崎から多くの人が五島列島に移住してきた。中にキリスト教徒がいたが、仏教徒や神教徒を装って生活していた。これが「潜伏キリシタン」とのこと。人目につかないところで、あくまでもキリスト教徒としての生活を通していたのが「隠れキリシタン」とのことだった。

明治に入り、外国人宣教師が来日、長崎に教会を設立し、五島の信者たちもキリスト教徒であることを公表した。ところが名乗り出た信徒たちは捕縛され、厳しい拷問にかけられ、多くの死者を出したのだった。

明治六年禁教令が解除され、三百年以上続いたキリスト教弾圧も終息した。五島列島の潜伏キリシタンたちが最初に手を付けたのは、教会堂の建設だった。貧しく物資もない時代、今見ても驚くほどの立派なものを作り上げた。現在、改築したものを含めると五十もの教会堂が残され、それぞれが祈りの歴史を持っている。世界文化遺産登録に伴い、地元では観光コースの設定を計画し、当然教会堂もその中に含まれた。しかし、教会側からは拒否された。

「教会は観光施設ではない。祈りの場です」

地元のためとお願いし、「内陣には入らない。中で写真を撮らない。器物に触らない」などの条件を付けて認めてもらったという。しかし、心無い観光客の勝手な振る舞いのため、受け入れ側は心を痛めているのが現実である。

蘭

新元号「令和」の典拠は万葉集巻五の序文からだという。示された箇所に「初春令月、気淑風和、梅披鏡前之粉、蘭薫珮後之香（蘭は珮後《ハイゴ》の香を薫《カヲ》らす）」の一節があった。浅学と言えばそれまでだが、万葉集に「蘭」の字が入っていたことに驚いた。それは、二つの思い込みがあったからである。

一つは、私の頭の中に艶やかな洋蘭の残像が強いイメージとなって刷り込まれていたこと、もう一つは大和言葉の語頭にはラ行音が立たないとの考えである。

一月末、松山地方に大雪注意報が出ていた時、沖縄那覇空港に降り立った。ロビーの至る所に満開の胡蝶蘭やシンピジウムなどの洋蘭の鉢が置いてあり、仄かに甘い香りが部屋いっぱいに拡がっていた。帰途、荷物検査を過ぎると出発出口までの長い廊下や待合室の壁側にもびっしり満開の洋蘭の鉢が並んでいる。その時の艶やかな映像と感激が頭の中いっぱいに広がっていたのだ。万葉集の蘭といえば、当然「春蘭」や「寒蘭」「えびね」「アツモリソウ」などの日本の野山にあるものを指しているはずだが、全くその姿が浮かばなかったのだ。

日本古代語（大和言葉）では、外来語や擬態語などを除くと語頭にラ行音が来ることはないと聞いていた。中国では論語をはじめとした孔子（紀元前五百年頃）の著書に蘭の字が使われ、発音もラン（中国語の発音記号では lán）というらしい。ということは、蘭の字と発音は中国からの外来語（借用語）ということになる。

一説によれば、万葉の時代には秋の七草の一つ「フジバカマ」を蘭と呼んでいたという。「フジバカマ」は、乾燥すると佳香を放つので、におい袋に使っていたとの話もある。

蘭はどの蘭にしろ、そのあやしげな美しさと香りで人を引き付ける。

霊山

日本には、霊山と呼ばれるものが数多く存在する。辞書によれば、神仏などを祭っている神聖な山を言うのだとのことだが、山そのものが信仰の対象になっている場合もある。古くから、山岳信仰が盛んだった日本ならではのことだろう。

霊山は括りによっていくつかのグループが存在する。日本三霊山と呼ばれているのは、富士山・白山・立山（または木曽御嶽山）だが、日本三大霊山（霊場）というのもあって、高野山・比叡山・恐山の三山の名前が挙がる。

高野山は空海が、比叡山は最澄が開いたものである。いずれも標高八百メートルの深山幽谷で、参道を歩いただけでもその神聖さに身の引き締まる思いがする。

ところが、恐山は異質である。山の斜面には至る所から不気味な音と共に有毒な火山性ガスが噴出しているのだ。麓の宇曽利山湖は酸性度が高く生物の棲めない水だという。典型的な火山性地形である。立派なお寺が立っていて、恐山菩提寺という。

このような火山性地形は日本の至る所にあり、すべて地獄谷とか賽の河原などとマイナスイメージの名前がついているのだ。しかし、ここ恐山では、部分的には地獄などの名前もついているものの、全体的には霊山なのである。

このようなところが、なぜ霊山と呼ばれるのだろうか。恐山は死者の集まるところといわれる。イタコの口寄せによって死者とのコミュニケーションがとれるという。

世界には、多くのシャーマンが存在しているけれど、皆、霊との交流である。しかし、日本では死者の実在を仮定した交流である。日本古来の死生観には日本独特のものがある。

恐山中腹から宇曽利山湖を望む

和色

　昨年、即位礼正殿の儀が行われた。その時天皇陛下が身に着けておられたのが黄櫨染御袍《こうろぜんのごほう》の束帯であった。黄櫨染とは何か？　資料によると黄櫨《コウロ》（ハゼの漢名）の樹皮で染めた赤茶色染とのこと。別の資料では蘇芳《スオウ》も使うとも書いてある。黄櫨染は「麹塵《キクジン》」などと共に禁色であり、一般では使用できない。

　しかし、ハゼの実は木蝋の原料でもあり、良質の木蝋の産地として知られる愛媛県内子町では、現在、和ローソクの生産が重要な観光資源となっている。

　着物が好きだった母は「なすこん」とか「あさぎ」「えんじ」などとよく口にしていた。正月の箱根駅伝で「順天堂大学の茄子紺の襷」とか「早稲田の臙脂」と聞くと母の顔を懐かしく思い出す。今は聞くことも少なくなった日本古来の色名である。

　日本では、繊細な美の心を表すために、多くの色を使いこなしてきた。絵具や染め物の色名は、原料になった植物本体の名前や動物の名前をそのまま当てて使っているものが多く、現代名に慣れているわれわれには直接色のイメージと結びつかない。そこに日本語の奥深さがあり、綺羅びやかさや侘び寂びの情感を語感から間接的に伝えようとした日本古来の文化がある。

カテゴリーによっては別の名前が付けられることもある。また、中間色、すなわち派生色の表現には、さまざまな苦労の跡が垣間見える。深・浅・鈍・滅・消などで修飾しているが、「紅消鼠」「鈍色」「雪色」「国防色」などとなると、読むほうが困惑する。これらの色名は伝統色とか和色とか呼ばれるが、ＪＩＳでは慣用色となっている。

地元紙「愛媛新聞」には、昨年一月一日から十二月三十一日まで、休刊日を除いた毎日、和色見本と「うおたまさみ氏」のコラムが連載された。コラムにも興味を持ったが、新聞の印刷であれほどの微妙な色の変化が表現できるとは思ってもいなかったので驚いた。

インターネットの「和色大辞典」には、四百六十五色もの和色名が紹介されている。昔の人はよく区別し覚えられたものだと感心すると同時に、ほとんど使うことがなくなってしまった言葉だと思うと一抹の寂しさを覚える。

昆虫食

二〇二〇年三月のテレビの番組に「アフリカでバッタが大量発生」というのがあった。その後「植物由来の物全てを食べつくし、一日百～二百キロメートル移動してインド・パキスタンに達し、中国にも迫ろうとしている」と報じている。バッタは「サバクトビバッタ」という種類で、日本のトノサマバッタに近いものだという。

紀元前十三世紀ごろに書かれたといわれる聖書にも「いなごの災い」として「いなごはエジプトの国を襲い、地のあらゆる草、雹《ひょう》の害を免れたすべてのものを食い尽くすであろう」と記されている。蝗害《こうがい》は何千年も前から繰り返し発生していたものである。

小学生の時、食料不足を補うため「いなご取り」に駆り出されていた。甘辛く佃煮風に調理すると結構おいしくいただけた。

当時は蜂の子もみな喜んで食べ、これらでタンパク質の不足を補っていたのである。

古来から人類の大半はタンパク源として昆虫を食べていた。現在でもタンパク源を昆虫に頼っている人が多勢いる。

将来、地球温暖化による異常気象のための食料不足が懸念されており、その助けの一つとして昆虫食が注目を浴びている。しかし、日本ではそのまま口に入れるのには抵抗があるとして、粉末化・ペースト化の研究をしているベンチャー企業があるという。すでに「蚕の蛹」や「フタホシコオロギ」の粉末化に成功し、それを混ぜたハンバーグやせんべいの試食品ができている。近い日、我々の口にも入るかもわからない。

厄介者の「サバクトビバッタ」も粉末にすれば食用になるのでは？　アフリカの蝗害が少なくなるし、食料不足解消の一助にもなるのではないか。

これからの研究に期待したい。

中国東北部の家庭で食卓に出されたもの。
茧蛹（ジアン・ヨン）と呼ばれている。

那年花開月正圓

巣ごもりが長く続くと、当然テレビを見る時間も長くなる。いろいろ見た中で特に心に残ったものの一つが、「那年花開月正圓」（月に咲く花の如く）という中国のドラマである。清王朝末期が舞台なので、明治三十年頃、日清戦争が終わった頃の話であろうか。

中国陝西省にある小さな町で二軒の商家が競い合い、一方の商家の女主人が幾多の苦難を乗り越えて地域有数の豪商になるというサクセスストーリーである。しかし視点を変えると、慣習を盾に自分たちの利権を守ろうとする保守派と新しい風を入れようとする革新派の鬩ぎ合いでもあった。

間もなく大きな歴史の転換点を迎えようとする混沌の世界に、巧みにエンターテーメントを織り交ぜた構成の妙が光り、法律よりも賄賂が幅を利かせるという社会の裏がよく説明されている。

ある日一人の青年が突然姿を消した。そして数年後、町に戻って辻説法を始めた。

「日本に行ってきた。日本が強いのは軍事力ではない。教育の力だ。我々には革命が必要だ」

と説いて回り官憲に追われる身となった。彼の説法の言葉の端々には孫文の影が見え隠れする。彼は孫文に会ったのかもわからない。

当時孫文は日本に亡命し、着々と革命の準備を進めていた。そして、一九一一年十月十日（明治四四年）、孫文の影響を受けた革命軍が湖北省武昌で火の手をあげ、半年ほどで皇帝を退位に追い込み三百年近くに渡った清王朝に終止符を打ち、アジアで初めての共和制国家「中華民国」を樹立したのである。世にいう「辛亥革命」で、孫文は「中国革命の父」とか「国父」と呼ばれるようになる。

この時代の中国の映像を見る機会はあまりなく、貴重な一時であった。巣ごもりが一段落したら、神戸にある孫文記念館を訪れたいと思う。できれば台北市や南京市にある孫文紀念館にも足を延ばしたいものだ。

コロンブス

かつて小学校や中学校では、黒板の上に端から端まで横長の歴史年表が貼ってあった。それには「一四九二年、コロンブス、アメリカ大陸発見」と記載されていた。たくさんの人が住んでいたはずだのにどうして発見なのか？　と子供心に思ったものである。

一九九三年、国連の「国際先住民年」が設定され、「アメリカ大陸発見」が議論された。それ以後は「アメリカ大陸到達」と書き改められたが、これについても疑義があり、黒板上の歴史年表は姿を消した。国連総会では、「世界の近代化の歴史は、先住民族の虐殺・征服・抑圧・差別と同化の歴史でもあった」と宣言された。

コロンブスは探検家として知られているが、「奴隷商人・虐殺者」という裏の顔はほとんど知られていない。コロンブスを隊長とした探検隊は、カリブ海の島や南米大陸沿岸で無差別殺戮を繰り返し、文化を破壊し、黄金とともに多数の先住民を奴隷としてヨーロッパに強制連行していたのだ。それ以降、次々とやってくるヨーロッパ人によって、四十年間に千五百万人の先住民が殺されたといわれている。

以前中南米にはたくさんの銅像が建てられていたが、現在ほとんどが撤去されている。コロンブスを含めたコンキスタドール（征服者）の像だったからである。コロンブスは、ヨーロッパから見れば英雄だが、先住民から見れば征服者なのだ。

先日、アメリカ国内にコロンブスの像がいくつも残っていることが報じられた。先進国のアメリカ社会だが、コロンブス時代の何かが根強く潜在しているのだろうか。私自身、アメリカで上から目線の言動に幾度屈辱を味わわされたことか。それを思うと心が重くなる。

アメリカ（サン・イシドロ）とメキシコ（ティファナ）の国境のゲート（アメリカ側より）

大雪

　松山エデンの園に入居してから八年目に入る。何度か雪がちらつくのは毎年だが、曲がり形にも積もったといえるのは七年間で三回だけである。それも庭木の葉の上に白砂糖をまぶしたくらいのものだ。今年の北国は大雪とのことだが、松山は一向に積もりそうもない。

　子供の時は、十センチほど積もった雪で運動場が覆われることが年に数回はあった。そんな中、裸足の下駄履きで登校していたのだ。霜焼《しもや》けやあかぎれの煩わしさは、子供にとっては辛かった思い出である。

　私の脳裏には、「三八の豪雪」と呼ばれる昭和三十八年（一九六三年）の大雪が刻み込まれている。十二月末から降り始めた雪は止むところを知らず断続的に約一ヶ月降り続いた。東北・北陸から九州までほぼ日本全体が大雪に覆われ、激甚な雪害が発生したのだ。

松山周辺では山間部の集落が孤立し、自衛隊や警察・消防団だけでは間に合わず、登山関係者もボランティアで、食料や燃料運びに毎日参加した。

松山近郊にあるハイキングコースとして人気のある皿ヶ嶺では、標高千メートルほどにある竜神平キャンプ場は胸まで没する雪原となり、大小さまざまな石が積み重なっている中央ルンゼと呼ばれる直登の谷は滑り台のように上から下まで尻滑走で滑り降りることができた。

「三八の豪雪」は里雪型だったため生活圏で多くの被害が発生、マスコミで大きく取り上げられた。しかし、山ではその前年、昭和三十七年一月の方がすごかった。石鎚山系稜線の吹き溜まりでは三メートルを超し、各所で雪崩が発生。元旦から九日まで、全国の山では三十三件の遭難が発生、死亡三十一人、行方不明九人、重軽傷者三十五人と日本山岳史上最大の遭難事例となったのだった。石鎚山系では八名が遭難、内三人が死亡という痛ましい結果となり、私も友を失った。

この雪を見込んで、松山近郊には五か所のスキー場が開設されたが、大雪は数年でおさまり、現在は人工降雪機頼みの三か所が営業を続けている。大雪はラ・ニーニャのためというが、地球の気候環境はどこに向かおうとしているのだろうか。

リムプール（リムストンプール、石灰華段丘）

中国南部には四川省・貴州省・雲南省・重慶市・広西チワン族自治区にまたがる、厚さ三・五キロメートルの巨大な石灰岩層が存在する。そのうちの一部が「中国南方カルスト」の名で世界自然遺産に登録されている。

衆知の如く、石灰岩は弱酸性水に溶食される。そのため、地下には無数の鍾乳洞ができ、地上には奇岩奇峰の絶景が広がる。

全長二百四十キロメートルもある双河洞や美しさが仙境に例えられる織金洞、世界最大の地底空間といわれ「竜の巣」の異名がある苗洞、天坑と呼ばれる巨大な縦穴群など多種多様な鍾乳洞が存在し、地上では九寨溝・黄龍・石林・桂林などスケールの大きな景観が訪れる人たちに驚嘆の声を上げさせる。

特に私の目を引いたのは、黄龍上部にあるリムプールである。日本では秋芳洞内の百枚皿などが知られているが、中国では大規模なものが洞窟外に棚田のように広がっている。洞窟外のリムプールは日本では見たことがない。石灰岩の成分の炭酸カルシウムは白色だが、一般のリムプールは不純物や藻類の着生によって薄茶色に見える。

私はこのカルストで純白のリムプールと出会ったのだ。畦石全体が炭酸カルシュウムの結晶である方解石で覆われ、精緻な切子細工で作られたような煌めきと、満々とした水の青さとのコラボは荘厳そのもの、我を忘れて立ち尽くした。その時の胸の高鳴りは覚えているのだが、それがどこだったのかその場所がどうしても思い出せない。

黄龍上部のリムプール

文学館巡り

結婚式の案内状が届いた。鎌倉の鶴岡八幡宮で行うとのこと。鎌倉は以前から行きたいところだった。

式の翌日、開館を待ちかねて鎌倉文学館の門をくぐった。湘南の海の見える小高いところにあり、旧前田侯爵家の別邸で、昭和初期の貴重な洋風建築物として国登録有形文化財に指定されている。

鎌倉ゆかりの文人は三百人を超すという。川端康成・夏目漱石・芥川龍之介・与謝野晶子などなどの直筆原稿や作品など、時間がいくらあっても足りないほど目を引くものが所狭しと展示してある。僅かの間だったが、名だたる文豪たちと時間や場所を共有できたことに豊穣の喜びがあった。

その後、近くにある吉屋信子や島崎藤村ゆかりの建物を回り、江ノ電を満喫して日付の変わる頃に松山の自宅に帰った。

所用で仙台に立ち寄った時、魯迅の故居跡を尋ねた。資料は全て東北大学内にあるとのことでそのまま仙台を後にし、後日中国上海市の魯迅紀念館を訪れた。二階建ての立派な物で、日本留学中の生活や交友などが、等身大の人形を使って説明してあった。

松山エデンの園の近くには、俳諧の研究に生涯を捧げた正岡子規や小説「坊ちゃん」の著者夏目漱石をメインとした子規記念博物館があり、小説「坂の上の雲」をテーマにした坂の上の雲ミュージアムがある。子規記念博物館はそれなりに充実しているが、坂の上の雲ミュージアムの方は東大阪市にある司馬遼太郎記念館と比べ見劣りがするのは仕方がないとしても、近年、主人公の一人であるはずの秋山好古、真之兄弟にかかわる日露戦争関連の資料がすべて姿を消したのは残念なことである。

仙台留学中に日本人の友人と談笑している魯迅
（上海市魯迅紀念館内の等身大人形）

香格里拉

旅行社の窓口で声をかけた。「シャングリラに行きたいんですが」「上海ですか？ 大連ですか？」「シャングリラです」。

このちぐはぐな会話は、旅行社の担当者が、「ホテルシャングリラ」と勘違いしたものである。

イギリスの作家ジェームズ・ヒルトンが一九三三年に出した小説「失われた地平線」の中で、飛行機事故から生き残った主人公がヒマラヤ西域を放浪し「シャングリラ」と呼ばれる不老長寿の村に迷い込んだという物語から騒動が始まる。

多くの探検家が「シャングリラ村」を見付けようと現地入りしたが発見できず、筆者が創作した仮想の村ということになっ

た。しかし、その名前がユートピアとか桃源郷の意味を持つとあって、地名や船名・会社名・ホテル名・グループ名などに使われ、名前だけが独り歩きをし始めたのだ。

二〇一四年、中国政府は雲南省の北部、麗江の北側でミャンマーとの国境の近くの地域を正式に香格里拉市（シャングリラ市）と命名し、観光地化を急いでいる。

一帯は標高三、三〇〇メートルの高原でチベット族の生活圏内である。広大な草原の植物はほとんどが薬草であり貴重なものも多く、生薬の一大産地で街には漢方薬屋が並ぶ。周辺はキノコの産地でもあり、マツタケが日本に売れるとあって大事な財源となっている。

南側には玉龍雪山（標高五、五九六ｍ）が、北側には梅里雪山（標高六、七四〇ｍ）の美しく険しい雪山が聳えている。梅里雪山では、一九九四年京都大学学士山岳会を中心とした日中合同学術登山隊十七名が、雪崩によって全員死亡という遭難事故が起こっている。

秘境の開発に熱心な中国だが、観光施設ができると関係者はほとんどが漢族の人になり、チベット族の人は姿が見えなくなる。代替え地をもらって移住したと聞くが、その後幸せに暮らしているのだろうか。

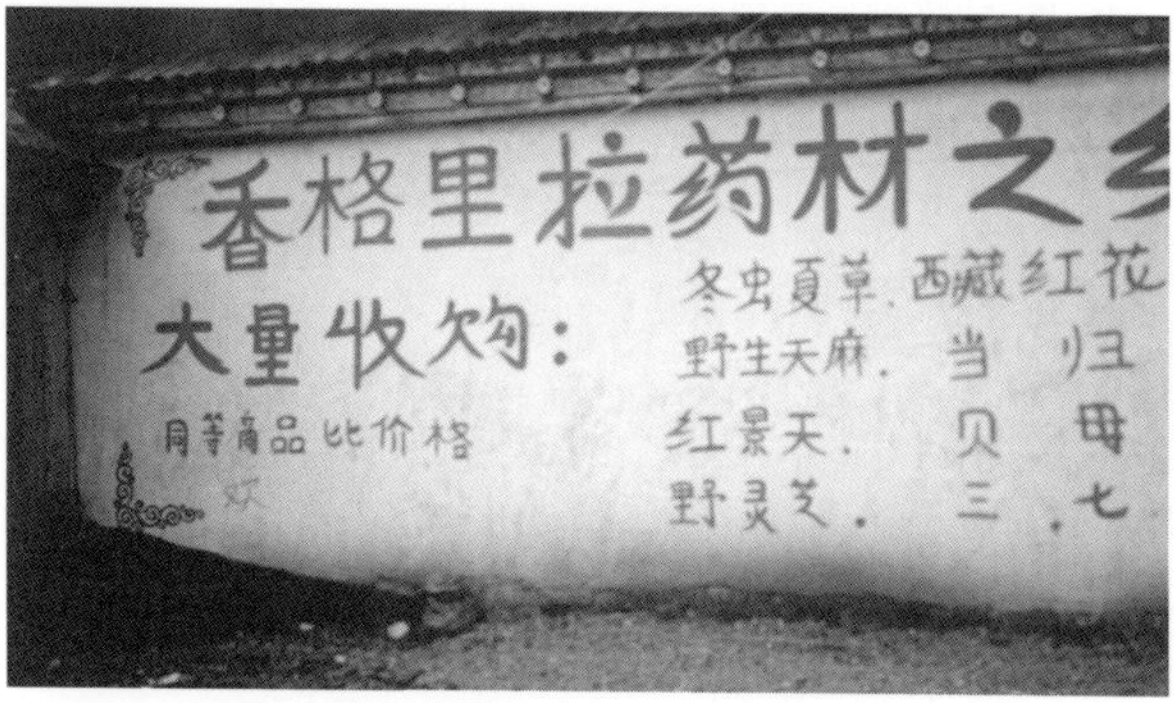

街には、生薬専門の露店がずらりと並ぶ

金の蛙

「金の蛙が大阪にいるよ」

との友人の電話に誘われて、大阪市港区にある世界有数の水族館「海遊館」を覗きに行った。熱帯雨林ゾーンの草叢からそろりと現れたのは、まさしく私が一目ぼれしたあの金の蛙だった。

日本の雨蛙ほどの大きさで、全身が黄色の蛙である。中米コスタリカからコロンビアに広がる熱帯雨林に生息するヤドクガエルの一種で、体表面から強烈な神経毒を含んだ体液を分泌し、先住民たちはそれを集めて矢の先に塗り、狩りに使っていたといわれる。多くの種類や体色・模様があるが、黄色の物だけ特に「ラナ・ドラーダ」と呼ばれる。黄色は金を連想させる神秘性のため、特に祭祀や呪詛に使われていた。

ところで、パナマにはもう一つ別の金の蛙があるのだ。古代パナマの遺跡から発掘された蛙をデザインした金製の装身具で、「ラナ・デ・オロ」と呼ばれる。日本語に訳せば両者とも「金の蛙」ということになる。

「ラナ・デ・オロ」は発掘される地域によって蛙の型が微妙に違っている。蛙以外のデザインもあるので、それらを総称して「金のウアカ」と呼ばれている。これらのレプリカは、パナマを代表する土産物でもある。

パナマはメキシコのマヤ文明と南米のインカ文明に挟まれたところにある。冶金やデザインに両方の文明の影響が見られるとの説があるが、影響を受けず独自に発達した文明だとの意見もある。

「ラナ・ドラーダ」は絶滅危惧種である。スミソニアン熱帯生物研究所は、保護が必要とポスターで呼びかけている。

「金の蛙」は両者とも、眺めているととめどなく疑問や興味が湧き上がってくる。私は、最初に上梓した著書に「金の蛙」の表題をつけ、旅する度に小さな蛙の手芸品を集めるようになった。

ラナ・ドラーダ

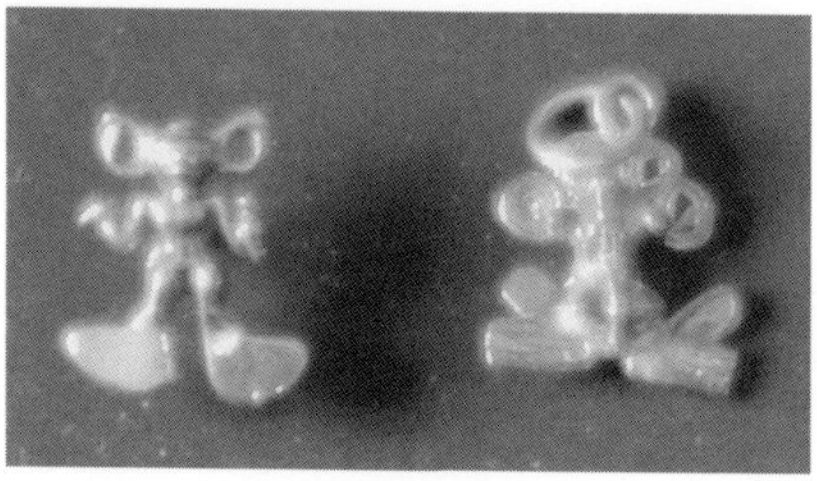

土産物（金のウアカ）

パエージャ

中米パナマ在住の時、家の近くにこぢんまりしたレストランがあった。海鮮料理が主だったが、中でもパエージャは絶品だった。

パエージャとは、日本ではパエリアの名で知られているスペインの炊き込みご飯である。スペインではパエリアというが、中南米のスペイン語圏の一部ではパエージャと呼ばれている。帰国してからこのレストランの味を出そうと、普段はやらない調理に四苦八苦したが、どうしてもうまくいかない。オリーブオイルと白ワインを大量に使い、コメは水洗いしないでそのまま使うスペイン料理を和式の調理法でやろうとすること自体が無理な話ではあったのだ。

結局我が家では、炊飯器でコメと具材を炊き上げ、できたものをパエージャ鍋に移し替えて弱火にかけ、おこげができると完成ということになった。本場のパエージャのつもりで食べると結構おいしかった。

パエージャは地中海の入り口にあるイベリア半島の東海岸、バレンシア地方を中心に西暦七百年頃から作られ始めたといわれる。内陸に良質の米ができ、周辺で簡単に手に入る兎の肉を使ったといわれるが、その後新鮮で豊富な魚介類を使った漁師飯になったのだろう。

それが、今や世界中に広がり、烏賊墨の入ったもの、卵を使ったものなどなど無数の「変わりパエージャ」が生まれている。

しかし、私にとっては、ヤシの並木を縫うように渡ってくる浜風が頬を優しく撫でる乾季に、カフェテラスで妻と向き合ってゆったりと腰を下ろし、チリ産の白ワインで喉を潤しながらゆっくりと味わうあのレストランのパエージャこそが世界一の味なのだ。

パエージャ（スペインのレストランで）

坊ちゃん列車

松山は、平野の真ん中にぽつんと飛び出し頂上に城が築かれている山があり、それを中心に発展した城下町である。城山と呼ばれるその山の周りを一回りするように路面電車が走っている。

愛媛のシンボルカラーであるオレンジ色の電車がゴトゴトと走っている合間を縫うように小型の汽車が通り過ぎて行く。

通称「坊ちゃん列車」と呼ばれるその名前は、夏目漱石の小説「坊ちゃん」の中で、

「乗り込んで見るとマッチ箱のような汽車だ。ごろごろと五分許り動いたと思ったら、もう降りなければならない。道理で切符が安いと思った。たった三銭である。」

と書いているのに由来する。明治二十八年（一八九五）松山中学校に英語教師として勤務した漱石がその時の生活体験を基に

して書いているのだ。

今も当時とほぼ同じ外観の物が走っているが、当時のものは整備され展示してあり、現在はディーゼルエンジンに改造されたものが観光用に走っている。

市内や郊外の路線が電化されるまでの六十七年間に渡り「住民の足」となって活躍したのだ。

しかし、馬力は今一で、上りになり汽笛が悲鳴のような音を出し始めると下駄ばきの中学生が一斉に飛び降り力を合わせて押し上げていた姿が鮮明に目に焼き付いている。

昔から住んでいる市民にとっては、自分の人生と重ね合わせることができる懐かしさのシンボルであり、ＳＬへの郷愁でもある。

昭和21年時の中学2年生
(全員下駄履き)

現役の坊っちゃん列車

ブルー

コロナ禍の中、二〇二二年冬の北京五輪は無事終了した。すべてに簡素化が求められる中、開会式・閉会式は感動を呼ぶほどの素晴らしさだった。著名な映画監督の張芸謀《チャン・イーモウ》氏のプロデュースと聞くが、今までのだらだらと長時間にわたる大袈裟な開・閉会式は何だったのだろうか。

　純白の雪の結晶とブルーだけのプロジェクションマッピングやLEDスクリーンが様々な夢幻の世界を創り出した演出に拍手を送りたい。

　数ある色の中で、ブルーほど心に響くものはないのではないか。心の奥底に知的で爽やかな感情を引き起こし、好感度が圧倒的に高い。神聖な光としているところもある。濃淡を含めそのバリエーションも多彩である。それに対応し受ける心の方も微妙に反応するのだろう。しかし、「心がブルー」とは相反してややこしい。

　愛媛から太平洋に流れる仁淀川の渕は青く澄んで美しい。これを仁淀ブルーと呼ぶように、透明度が高く美しい水の景観は○○ブルーと呼ばれている。沖縄の慶良間ブルーなど国内外を問わず無数に存在する。しかし、水は無色透明のはずだ。それがなぜブルーに見えるのだろうか。自然の不思議さを感じる。

　水以外で私の心を捉えたブルーがある。フェルメールの絵「真珠の耳飾りの少女」の中心に大胆に描かれている重く濃いブルーだ。これがなぜ心を動かすのか。「フェルメールブルー」と呼ばれる所以であるのだろう。

　中東カタールでは、侍ブルーが躍動していた。

　ブルーは私にとって心を癒してくれる神秘の色であり光なのだ。

白神ブルー（青森県白神山地にある青池）

中国の文学

文学と一口に言ってもその内容は多彩で、それぞれの境界も曖昧であり評価も人によって異なる。ここでは小説を取り上げたい。

日本では母娘間の慕情を描いたものが多いが、中国では父親が自分を犠牲にして息子の成長や成功を願うものが多く、その中にさりげなく人身売買や売春の話題が入ってきて、闇の深さを暗示する。また、強いイデオロギーが基盤になっているものも多い。

中国の古典四大名著といえば紅楼夢・水滸伝・西遊記・三国志演義だろう。五百年ほど前、明代に書かれた長編小説である（紅楼夢は清代）。しかし、これらはエンターテーメント性が高く文学の範疇に入らないとの意見がある一方、近年その芸術性を見直す流れも出てきている。古くから日本の文化に多大の影響を与え、ファンも多い名著であることには変わりない。

　ノーベル文学賞の受賞者は、中国では莫言《ムオ・ヤン》ただ一人である。しかし、私は候補にまで上がったが受賞できなかった沈従文《シェン・ツォン・ウエン》の方が好きである。

　湖南省ののどかな農村の風景を淡々と暖かく描き、幸せに日々を送っている人々の姿を浮き彫りにしている。ところがある日突然非日常の舞台が登場する。その場面転換が見事で、急変した事態に読者は息をのむ緊張感の中に放り込まれる。

　沈従文の故居を訪ねた。湖南省鳳凰市内で、小説の舞台ともなっている沱江《トウオ・ジアン》沿いの高台にあった。典型的な農家の作りながら、他の住居よりは一回り大きく、それなりに格式を持っている。トウチャ族やミャオ族が多く住んでいて独特の歴史や文化のある地域だという。

　原文が読めれば、その少数民族の微妙な文化のニュアンスが読み取れると思うのだが、今の私にはそれが出来ない。

沱江沿いの家並み

ふるさと

H嬢から「のどにポリープができ癌センターに入院していま す。○○日に手術します。」という葉書が届いた。当時【ラジオで音楽やメッセージを送ろう】というラジオ番組があった。私は早速、オペラのアリア「私のお父さん」に「次は君の声で聴きたいな」と付け加えて、申し込んだ。彼女は、音楽大学の声楽科を卒業しているソプラノ歌手である。退院したとの頼りの後消息が途絶えていた。

突然の便りは「結婚して東京にいます。実家の町の文化祭で歌うことになったので帰松します。」というもので案内状が同封されている。

晩秋のやや肌寒い日、会場の小学校の体育館に足を運んだ。用意されたパイプ椅子はほぼ埋まっている。私は一番後ろに座った。唱歌や叙情歌中心のプログラムが終わった。アンコールにこたえてもう一曲と歌いだしたのが「私のお父さん」だった。予定に入っていたのか、それとも私の顔が見えたので追加したのか。歌い終わって挨拶をと立ち上がったが、町の人に囲まれて近づけない。お母様と言葉を交わしてから会場を後にした。

それから何年たったのだろうか。コンサートの案内状が届いた。小さな会場はトイレに立つこともできないほどの満員だった。歌いだした途端「あれ、変だ。歌手の声ではない」といぶかった。歌になっていない。数曲歌った後、マイクを持った彼女は「声帯を切除しています。声が全く出ないんです。しかし、スピーチカニューレという器具を装着すると普通に話ができるんです」

外すと、口をパクパクするだけで声にならない。再び装着して歌いだした。高音や息継ぎなど正常とは言い難いが、ちゃんと歌になっている。今回も本人と話をする機会がなかった。お母様は「私は反対したんですが、本人がどうしてもと」と挨拶された。

数か月後葉書が届いた。訃報だった。あのコンサートは何だったのだろうか。最期を予感した彼女の故郷への感謝と永訣の挨拶だったのかもしれない。

寄り道ぶらり

マンホール（ブラチスラバ／スロバキア）

びっくりしたなー。建物に気を取られていて、すんでのところでつまずくところだった。彫像と分かって二度びっくり。工事の人なのか、それとも地下に隠れていた兵士なのか。この街には変わったオブジェがあちこちにあるという。それを探して散策するのも一興。しかし、時間が許さない。

ナポレオン時代に使ったのではと思われる大砲や中世の騎士の鎧などが歩道の片隅に無造作においてある。びっしりと敷き詰められている石畳は何百年も前のものだという。街中は車両侵入禁止。街そのものが文化財なのだろう。中世のヨーロッパに思いを馳せるにはもってこいのところだ。オーストリアとの国境の近くで、ウイーンから一時間ほどの距離だという。もう一度ゆっくりと時間を取って歩きたい街だ。

タトゥー（プラハ／チェコ）

チェコの首都プラハ。土産物店でタトゥーをしたお姉さんに声をかける。

「これは何？」「よく分からない」「日本の文字だよ」「なんて読むの」と話が弾む。

「一文字で読み方も意味も二つあるんだよ」「どうして？」と話がもつれてくると、僕のたどたどしい英語では話が進まない。

文字としての認識は少なく、デザインの一種として見ているようで、こちらがギブアップ。そのまま退散する羽目に。

外国では街の中に普通の店としてタトゥー屋があり、普通に看板が出ている。日本でもテレビで外国人スポーツ選手を毎日でも見られる昨今、以前のような抵抗感は無くなってきているのではないか。

しかし、美人のお嬢さんにタトゥーは似合わないと思うんだけど。

ご馳走（中国）

中国の教え子から結婚式に招かれた。広い会場には所せましと円卓が並べられ、正面には小さなステージが設けられている。司会者が早口でまくし立てる以外は、キリスト教会での結婚式とほぼ同じプログラムで進行する。式が終わりステージをちょっと模様替えするだけでそのまま披露宴の会場になった。

豪華な料理が次々と運ばれ、皿を上へ上へと積み上げていく。プロの技だ。下の皿に箸を入れる勇気もなく、隣の中国人の友人に「残った料理はどうするの」と囁くと「棄てるんでしょう」とそっけない。

中国には「料理が足りないと招待側の恥になる」という文化があるらしい。「お持ち帰り」はできないのか。入れ替わりながらの挨拶が延々と続き宴は終了した。膨大なフードロスだけが後に残った。

2021年4月29日、全国人民代表大会(全人代)で、食べ残しを禁止する法律「反食品浪費法」が可決された。

二千年前の魚（ガリラヤ湖／イスラエル）

イスラエルのガリラヤ湖周辺のレストランでは、写真のような魚料理がでる。魚の名前をセント・ピーターズ・フィッシュ（聖ペテロの魚）と呼ぶ。

聖書の中に、イエスの弟子ペテロが魚を獲る場面が出てくる。現地では、ペテロが獲った魚はこれだというのだ。二千年間種が保存されていたということだろうか。

資料によれば、ガリラヤ湖には二十数種類の淡水魚が生息しているという。ペテロが獲った魚は別のものだという説もある。

博物館に、ガリラヤ湖が干ばつで水位が下がった時に湖底から発掘されたという船が展示してある。日本のボートより少し大きい。鑑定によれば二千年前のものだという。

イエス・キリストがこの魚を食べ、この船に乗ったのではと考えると、目の前に壮大なロマンが拡がってくる。

天文時計（プラハ／チェコ）

　チェコ共和国の首都プラハはヨーロッパで最も美しい街の一つ、中世の香りが漂う街だ。1987 年に街全体が世界遺産に登録されている。街の中をモルダウ河が流れ、カレル橋は観光名所の一つ。街中の旧市街広場の片隅にある天文時計。1410 年に天文学者と時計職人が協力して作ったという。

　太陽・月・惑星の動きや星座などが示されているというが、地動説が出る前のもの。ちょっと見上げただけでは見当もつかない。幾たびかの戦火に遭い、修理を繰り返しながら今も立派に動いている。

ジグザグ橋（九曲橋）（高雄／台湾）

高雄にある澄清湖にかかる橋で、人気スポットの一つである。中国の公園にあるものを模倣したといわれ、各地の公園や日本でも見かけるようになった。

中国にはたくさんの妖怪が語り継がれているが、僵尸《キョンシー》もその一つで、1985 年に公開された香港映画「霊幻道士」で、一躍知名度がアップした。僵尸《キョンシー》は死体妖怪で、硬直した体でぴょんぴょんと直進し首筋に噛みつくといわれるが、この九曲橋を渡れば逃げられるそうだ。

水郷蘇州周辺には水路が多く、橋も多い。そのほとんどは石を積み上げて作った太鼓橋である。その下をゆっくりと小舟が通り過ぎて行く。この風景こそが中国らしい。

日本にアーチ型橋が定着したのは室町時代といわれる。しかし、石積みの技術は中国からの伝来ではないかとの説もある。中国に石積みの太鼓橋が出現したのはいつ頃なのだろうか。

絶壁の道（楽山大仏／中国）

中国人はスリルが好きなのか、垂直の断崖絶壁に道が付いているのを各所で見かける。もっと安全なところに付けることができるのに、わざわざ危ないところを選ぶのだ。床をガラス張りにしているところもある。

1800年前、北伐のため蜀に通じる道を作るとき、山越えよりも楽だと崖路を作ったという。その工法は諸葛孔明の工夫によるものだとのこと。「蜀の桟道」と呼ばれ、李白に「蜀道之難難於上青天」（蜀道の難は青天に上るよりも難し）と詠ませた。

森の妖精（ノールウエー）

大型商業施設の看板

　ヨーロッパの北部は、深い針葉樹林帯に覆われている。昔は森の奥がどうなっているのか知る由もなく、不気味さや神秘性と共にそこに住む妖精や悪魔・神の存在を信じていたのだろう。多くの擬人化された妖精や小人伝説の民話が語り継がれてきている。しかし、その内容は地域によって少しずつ違いがある。

　フィンランドでは「トントウ」と呼ばれ､体は小さく人間に好意的で、サンタクロースの手伝いをする。ノールウェーでは「トロール」と呼ばれ、体が大きくいたずらをする。家の中で何かが壊れていると「トロールの仕業だよ」で納得するそうだ。地域の人にとってはアイドル的存在で、大小さまざまな人形やぬいぐるみが至る所に置いてある。

スタチュー（彫像）（ブラチスラバ／スロバキア）

最近日本ではほとんど見かけなくなったが、ヨーロッパではよく目につく大道芸の一つである。

体全体に塗料を塗り、像になりきってピクリとも動かない。子供が近づいたり、触ったりすると急に動いてびっくりさせる。暑い時も寒い時も同じ格好だ。

前に投げ銭入れが置いてあるが、塗料代は結構かかるだろうし、準備も大変だろう。これだけで生活が成り立つのだろうか。スポンサーがいるのかもなどといろいろ考えてしまう。

足長おじさん（ストックホルム／スウェーデン）

　ストックホルム（スウェーデン）からヘルシンキ（フィンランド）へ向かう観光連絡船。目が覚めるとヘルシンキに着いているという便である。
　船の真ん中に異常に広い通路が通っていて、両側には、事務所・サービスカウンター・土産物店・レストラン・コーヒーショップなどが並んでいる。
　その通路に突然足長おじさんが現れた。どこから出てきたのか？手には操り人形のひもが握られている。そういえば、北欧はマリオネットの本場だと聞いたことがある。
　子供が集まってきた。僕はあまり興味がないので、船内でできた友達とレストランに入り、遅くまでワイン談義に花を咲かせた。

龍亀（鼈頭渚公園／中国）

亀は古代中国より縁起の良い動物とされてきた。中国には「四神・四霊」の思想があり、「青龍・白虎・朱雀・玄武」のうち玄武は亀に蛇が絡んだもの。「四霊」では「鳳・麟・亀・龍」と両者に亀が入っている。

写真のものは体が亀で頭が龍、いいとこ取りで開運など万能の力を持つといわれ、龍亀《ロングイ》と呼ばれる。中国では彫像から置物・土産物などいろいろ変化をつけたものを各地で目にすることができる。

この霊験あらたかな亀は、食用にもなり多くの伝説・民話の主人公にもなっている。

オーロラ号（サンクトペテルブルグ／ロシア）

「まことに小さな国が開化期をむかえようとしている」

　司馬遼太郎の長編小説「坂の上の雲」の冒頭の一節である。松山出身の三人の若者が、明治の舞台で活躍するその生き様を描いた名作である。

　明治 38 年（1905 年）5 月、日本艦隊は対馬沖でロシアバルチック艦隊と激突した。三人の内の一人秋山真之は、日本海軍参謀として編み出した T 字戦法でこれを殲滅し後世に名を残した。

　その時沈没を免れ、帰国を果たしたロシアの軍艦のうちの一隻がオーロラ号で、現在繋留され博物館として使用されている。

標高 3500 mの展望台（スイスアルプス）

ユングフラウ山 (4158m) とメンヒ山 (4110m) を結ぶ稜線の鞍部をユングフラウヨッホと呼ぶ。そこに 1937 年 (昭和 12 年) スフィンクス天文台ができ、沿うように展望デッキが併設された。

麓から登山電車で登り、途中ラック式電車に乗り換えてトンネルに入って行く。トンネルはアイガー山の北壁の下部から展望台のすぐ下まで続いている。1912 年 (大正 1 年) に全線開通したのだという。終点の駅は標高 3454 m、ヨーロッパ最高を誇る。

少し歩いてエレベーターで 100 mほど上ると展望デッキに出る。

足元にはアレッチ氷河の始点がある。

有料トイレ（パリ・オーストリア・中国）

歩道の上にデンとおかれている。造りも鍵も頑丈そのもの。大きい人は大丈夫？＝パリ

お釣りをくれる有料トイレ（他では手に入らない低額紙幣で）＝中国

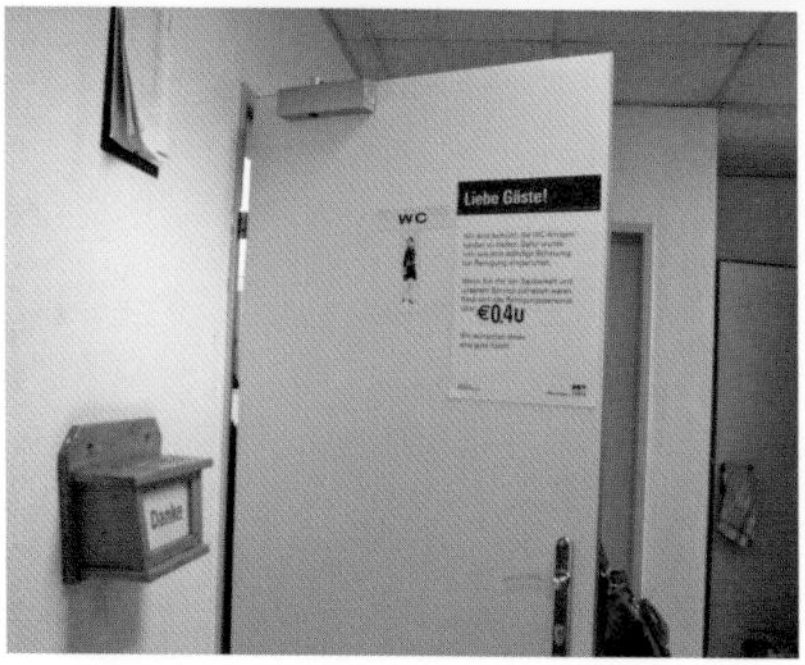

お金は左の箱に自分で入れるのですよ（監視カメラが必要では？）＝オーストリア

旅して困るのは男女を問わずトイレ。千差万別、世界にはいろいろなトイレがあるものだ。昔、日本でも使っていた懐かしいものから、最新型のものまで。お国柄もよく出ている。

呼び方が五つ以上もある国があるかと思えば、五か国語が並記されているところもある。字がなくてもイラスト（ピクトグラフ）を見れば誰でもわかると思うけど。

いろいろ思うところがあっても、あまり細かく書けないのもトイレ。日本は安心して旅ができる。

手作りの竹筏（漓江／中国）

　中国の南部桂林を流れる漓江、流れは穏やかで大河にも関わらず手製の竹筏で渡っている人を多く見かける。
　三峡ダムで有名な長江ではいろいろな船が行き交っているが、流れが速くさすがに手漕ぎはない。以前は多かった沙船《ジャンク》（平底の帆船）も見かけなくなった。
　河口に近づくと多くなる天蓋を黒くぬった烏篷船は船上生活者の船だ。これも船外機を付けている。
　上流で川幅が狭くなったところでは、両岸からロープで引っ張っていたという時もあったようだ。

衛兵の交代（ストックホルム／スウェーデン）

宮殿の入り口には必ず衛兵が立っている。しかし女性の衛兵は珍しい。ここでは、交代は一人ずつである。姿勢も表情も全く変えない。さすが選ばれた者といった風格を感じる。

ストックホルムには複数の宮殿があり、観光客用に派手に衛兵交代をやるのは別の場所らしい。ここは裏門といったところか。

ヨーロッパで異色なのは、カトリックの総本山バチカン市国のローマ法王を警護する衛兵だ。1500 年ごろからスイス人が務めるように決まっているのだという。

孔子の墓（曲阜市／中国）

高速道路を曲阜のインターで降りると、「有朋自遠方来、不亦楽乎」（友あり遠方より来る。また、楽しからずや）と書かれた大きな看板が目に飛び込む。

市内には孔子の墓のある「孔林」、孔子を祭祀する「孔廟」、住居のあった「孔府」などのエリアがあり、この三つが世界遺産に登録されている。どれも広大で歩いて回るのは大変、輪タクやカートが客待ち顔で控えている。

孔林の入口を入ると正面に行く手を遮るように孔子の墓が建っている。その背後はカシワやマツの古木で覆われた広大な自然林である。

緩やかな丘陵が続くこの自然林は孔家のもので、末裔・子孫などの孔家一族の墓標が思い思いの場所に建っており、その数は十万を越すといわれる。

時計（マレーシア・ロシア）

マレーシアのイスラム教寺院
にて（アラビア語）

モスクワの街にて（キリル語）

数字は万国共通だろうと勝手に思いこんでいた。ところがあちこちと旅していると、読めない数字がいろいろとあるのに出くわす。

日本で通常使っているのは123・・のインド発祥のアラビア数字と呼ばれるもの。これはアラビア語数字とは別物であるという。ほかⅠ Ⅱ Ⅲ・・のローマ数字や漢数字もあるが、それ以外のものは見たことがない。

昔はゼロ（0）の発想がなく、5世紀ごろに初めてインドで生まれたという。人間の知能の発想や柔軟性はなんとすばらしいことか。

アルパカ（ニュージーランド）

ニュージーランドの牧場地帯をバスで走っていると、突如懐かしい動物が飛び出してきた。どうして？　と、びっくり。アルパカではないか。

アルパカは南米アンデス山脈の高地に住んでいるものだ。

アンデスには、麓からリャマ・グアナコ・アルパカ・ビクーニャと標高が上がるほど小さくなるが、同じような格好のラクダ科の動物が棲んでいる。上質の毛皮が獲れるために乱獲され、絶滅寸前まで来ているものだ。それがなぜニュージーランドに？

聞くところによると、最近羊毛が売れなくなっているという。そのため羊に代わるものを模索している途中だという。ニュージーランドがアルパカ天国になるのだろうか。

アブラハムの井戸（イスラエル）

イスラエルは南北に細長い国である。その南半分はほぼ砂漠で、砂漠と緑地の境目あたりにあるベエル・シェバは、紀元前から人が住んでいたが、1900年あたりから増えはじめ現在人口50万の都市となっている。その郊外に「アブラハムの井戸」と呼ばれるものが二か所残されている。

聖書には、アブラハムがここに何か所も井戸を掘ったと記されている。

のぞくと底までは見えないが石積みの内壁はしっかりしている。何年経っているのか分からないが、今まで多くの命を繋いできたことには間違いがない。

あとがき

　松山エデンの園に入居してから十年が過ぎた。その間、関東・関西に展開している九ヶ所のエデンの園が共同で出版している季刊文芸雑誌「エデンだより」のエッセイ部門に休むことなく投稿してきた。今年で四十編書いたことになる。ここでいったん落ち着きたいと一冊にまとめることにした。私にとっては六冊目の上梓である。

　仕事の合間を縫っては旅に出るのが好きである。撮り溜めた写真も相当な数になってきた。デジタルカメラに替えてからのもので、気になったものを少しフォトエッセイの形で追加した。九十年の足跡の一部である。

　編集・校正に際し、ご助言・ご協力をくださった皆様方、また出版に関して終始お世話いただいた創風社出版大早友章・直美ご夫妻に厚くお礼申し上げます。

初出
エッセイ「エデンだより」　季刊文芸誌「エデンだより」（社会福祉法人　聖隷福祉事業団　高齢者公益事業部発行）一一三号（二〇一三年十月秋号）～一六二号（二〇二三年七月夏号）

著者略歴
小暮　照　こぐれ あつし
1933 年　北朝鮮平壌で生まれる
　　　　愛媛大学理学科卒業　中学校教員となる
1981 年　パナマ日本人学校に派遣される
1984 年　帰国
1990 年　公立学校を退職後、日本語教師となる
　　　　愛媛大学山岳会会員・元愛媛県山岳連盟理事長
　　　　元「原点」同人
　　　　元全国海外子女教育・国際理解教育研究協議会会員
　　　　元松山市教育委員会日本語教育担当教育指導員

著書『金の蛙 －日本人学校の窓から眺めたパナマの姿－』
　　『石鎚山気象遭難－石鎚に散った多くの生命に捧げる－』
　　『パナマ運河を渡る風』『カナンの地』（愛媛出版文化賞奨励賞）
　　小暮照写真集『祈りの歴史を歩く』（いずれも創風社出版刊）

私のエデンだより

2023 年 9 月 30 日 発行　定価＊本体価格 1500 円＋税
著　者　小暮　照
発行者　大早　友章
発行所　創風社出版
〒 791-8068 愛媛県松山市みどりヶ丘９－８
TEL.089-953-3153 FAX.089-953-3103
振替 01630-7-14660 http://www.soufusha.jp/
印刷　㈱松栄印刷所

 ISBN 978-4-86037-336-8